ÉPITRE A DELMONT

SUR

LA DIVINITÉ

DISSERTATION MORALE, PHILOSOPHIQUE, POLITIQUE

ET RELIGIEUSE

Pouvant servir de réponse au poème de M. Élie Alavall, intitulé

DIEU EXISTE-T-IL?

Accompagnée de Notes très-intéressantes
sur nos derniers désastres

DONT LES PRINCIPALES CAUSES FURENT LA DISSOLUTION DES MŒURS

ET L'ATHÉISME

PAR

CHARLES SOULLIER

Si Dieu n'existait pas, il faudrait l'inventer.
VOLTAIRE.

A PARIS

CHEZ J. LECOFFRE ET Cie, LIBRAIRES-ÉDITEURS

Rue Bonaparte, 90

ET CHEZ TOUS LES LIBRAIRES

—

1872

ÉPITRE A DELMONT

SUR

LA DIVINITÉ

DISSERTATION MORALE, PHILOSOPHIQUE, POLITIQUE
ET RELIGIEUSE

Pouvant servir de réponse au poëme de M. Elie Alavall, intitulé

DIEU EXISTE-T-IL ?

Accompagnée de Notes très-intéressantes
sur nos derniers désastres

DONT LES PRINCIPALES CAUSES FURENT LA DISSOLUTION DES MŒURS
ET L'ATHÉISME

PAR

CHARLES SOULLIER

Si Dieu n'existait pas, il faudrait l'inventer.
VOLTAIRE.

A PARIS

CHEZ J. LECOFFRE ET Cie, LIBRAIRES-ÉDITEURS
Rue Bonaparte, 90
ET CHEZ TOUS LES LIBRAIRES

—

1872

Imprimerie de Ph. Cordier, Faub. Saint-Denis, 49.

A Monsieur le Ministre de l'Instruction publique

et des Cultes;

MONSIEUR LE MINISTRE,

A qui pourrait-on plus judicieusement et plus fructueusement qu'à Votre Excellence, offrir un ouvrage dont le principal but et l'unique ambition littéraire sont d'être un peu utile à une société, telle que la nôtre, exclusivement prosaïque et matérielle?

Vous êtes, en effet, Monsieur le Ministre, l'homme de notre pays qui consacre le plus glorieusement ses veilles au redressement des mœurs; vous êtes, par cela même, l'homme le plus capable de retenir le peuple sur la pente funeste où d'imprudentes mains l'avaient poussé et l'avaient mis, tout récemment, à deux doigts de sa perte. Aussi a-t-il aujourd'hui plus que jamais besoin de se retremper dans les bonnes doctrines.

En acceptant la dédicace de ce petit travail, si toutefois vous l'en jugez digne, vous lui décernerez la plus belle récompense à laquelle son auteur puisse prétendre, et il n'en sera que plus glorieux de pouvoir vous faire agréer l'expression des sentiments distingués et respectueux avec lesquels il a l'honneur d'être,

Monsieur le Ministre,

Votre tout dévoué serviteur,

CHARLES SOULLIER.

ÉPITRE A DELMONT

I

Des Merveilles de la Création.

Serait-il vrai, Delmont, qu'aucune sainte ardeur,
Au pur foyer du ciel, n'ait réchauffé ton cœur!
Se peut-il qu'à ce point les yeux et les oreilles,
Aient voulu se fermer à toutes ses merveilles
Et qu'au frappant tableau de tout ce que tu vois
Ton esprit et tes sens soient toujours restés froids!
Cette belle nature, avec son harmonie,
Ne prouve-elle point un céleste génie?
Vois ces astres, là haut, dans leur vaste appareil.
Tournant sur leur orbite autour de leur soleil!
Vois ce fleuve, échappé de sa source profonde,
Pour nous désaltérer, sans fin rouler son onde
De la mer à son roc, de son roc à la mer!
Les vapeurs de ses eaux s'amonceler dans l'air
En nuages épais, et de leurs flancs humides,
L'or couler par torrents dans nos pleines arides!
Quatre éléments : le feu, l'air, la terre et les eaux,
Tout témoigne d'un Dieu les bienfaisants travaux;
Sa gloire est attachée à la nature entière;
Et s'il n'a point fermé tes yeux à la lumière,

Ton âme à la raison, ton cœur au sentiment,
En voulant le nier ton esprit se dément.

Mais le doute... malheur!.. quel affreux labyrinthe!
Quel abîme! quel gouffre! et quelle horible étreinte!
Un athée endurci, s'il est de bonne foi,
Ne peut être d'accord avec lui-même : eh quoi!
Plaines, fleuves, cités, firmament, créature,
Tout ce qui prend la vie au sein de la nature
Rayonne sur nos fronts ou verdit sous nos pas,
Tout respire, et Dieu seul... Dieu!.. n'existerait pas!

II

Les Devoirs de l'homme.

Je sais pourquoi ton cœur le renie ou l'ignore,
C'est qu'il est ici bas d'autres Dieux qu'on adore;
Et quand tes passions viennent troubler tes sens,
Elles ont à tes yeux des attraits plus puissants.

Que toujours la raison en elles te dirige;
Car, pris avec excès, le plaisir même afflige.
Si tu veux le goûter dans toute sa douceur,
Si tu veux être heureux, si tu cours au bonheur,
La route en est facile, et la source en est pure;
Elles sont sous tes pas : consulte la nature.
Tout plaisir lasse enfin, s'il n'est point mesuré;
L'homme, pour être heureux, doit être modéré.
Il s'agit de choisir de l'une ou l'autre école,
Entre celle qui trouble ou celle qui console,
Le sage, l'érudit, l'homme de jugement
Ne se trompent jamais dans ce discernement.

— Mais d'être vertueux quelquefois il en coûte,
Réponds-tu lâchement;-- j'en conviens, mais écoute:

Si l'on cueillait sans peine un fruit si précieux,

Aurait-on quelque droit au royaume des cieux?
Je le sais qu'il en coûte, et de là ta faiblesse;
Mais, s'il n'en coûtait pas, que serait la sagesse?
Faudrait-il lui chercher, dans notre esprit jaloux,
Un nom si glorieux et des titres si doux?
Coule tes jours en paix, la joie est légitime,
Tant qu'on a le cœur pur. Dieu qui punit le crime,
N'interdit en ce monde où sa bonté nous suit
Que le désir qui trouble ou le plaisir qui nuit;
Il créa la vertu fille du sacrifice,
Mais de nos passions; et sa haute justice
N'exige point de nous, dans toute sa rigueur,
Celui de notre gloire et de notre bonheur.
Sois puissant, mais humain, sois heureux, mais docile;
Sois juste, ce mot seul comprend tout l'évangile.
Dans ses douces leçons, dans ses sublimes lois,
Des faillibles mortels reconnais-tu la voix? (1)
Non, c'est la voix de Dieu, simple, pure et profonde,
C'est le flambeau du ciel éclairé pour le monde!
Celui qui s'y montra si sublime et si grand,
Ne serait-il pour nous qu'un être indifférent?
Peut-on le reconnaître à ce maître inutile,
Qui, sur son trône assis, indolent, immobile,
Sans pitié pour nos maux, insensible à nos vœux,
Jette à peine sur nous un regard dédaigneux?
Ah! juge mieux celui dont la bonté suprême
Veut encor ton bonheur par ton bonheur lui-même,
Un être intelligent au grand œuvre a pris part,
Et ce monde n'est point un effet du hazard.
Un plan fut combiné : la vie est une épreuve,
Un combat : je m'engage à t'en donner la preuve.

III

Le Libre Arbitre.

— Mais, dis-tu, Dieu fit tout; il a donc fait le mal,
Or, il doit le souffrir. — Syllogisme fatal!

Dieu fit l'homme, il est vrai, qui, par sa double essence,
Et du bien et du mal porte en lui la semence,
D'un ouvrage mortel simple combinaison;
Mais à son cœur, pour guide, il donna la raison
Qui, lorsqu'il veut agir, l'éclaire et le dirige,
Qui lui dit : « Fais le bien; il le faut : je l'exige!»
L'esprit malin lui dit :«Fais le mal! que crains-tu?
«Te laisserais-tu prendre au vain mot de vertu?
«Sois heureux! «Il hésite... Alors, la conscience
Pèse tout, à ses yeux, dans sa juste balance.
Tu dis qu'au malfaiteur elle ne parle point!
Jamais être pensant ne fut sourd à ce point.
Un cœur sans conscience est, sous un ciel barbare,
Une mer sans boussole où le nocher s'égare,
Si pervers que l'on soit, on ne peut échapper
Au poignard du remords, toujours prêt à frapper.
Cependant, on le brave; en sa faiblesse extrème
On cherche à s'étourdir, à se tromper soi-même.
L'homme est un être double, inconstant, inégal,
Quand son cœur veut le bien, sa tête fait le mal ;
Et si, dans cette lutte où faiblit son courage,
Le mal reste vainqueur, le mal est son ouvrage.

—Mais pourquoi l'exposer à tous ces vains combats
En exigeant de lui tous les dons qu'il n'a pas?
S'il ne peut triompher, si l'humaine faiblesse
L'attache au fol espoir d'une trompeuse ivresse,
S'il est homme, en un mot, peut-on l'en accuser?
Ne vaudrait-il pas mieux le plaindre et l'excuser?

—Voilà bien la raison d'un fou! plains sa folie!
Quoi! dans le travers même ou ton âme avilie
Livre ses passions à leurs fougueux transports,
Tu veux chercher encore une excuse à tes torts!
Ne berce point ton cœur d'un espoir éphémère ;
L'homme est libre, ici bas, ou bien tout est chimère;
Et le méchant qui dort dans les bras du hasard,
Si tranquille aujourd'hui, gémira tôt ou tard.

IV

Le Bien et le Mal.

Mais parmi tes erreurs il est une hérésie
Dont l'excentricité touche à la frénésie :
Le mal vient de là haut! Dieu seul en est l'auteur!
C'est le bourreau de l'homme et son persécuteur!..
Dans cet affreux débat *le mal seul est coupable !*
Tu le dis, et tu crois l'homme assez détestable
Pour *plaindre le méchant sans qu'il soit détesté!*
Du libre arbitre humain voilà ta liberté! (2)

Eh bien, soit : un moment j'accepte tes excuses !
Supposons Dieu l'auteur du mal dont tu l'accuses,
Voyons, dans le dédale où tu veux t'échapper,
Si ton raisonnement pourrait te disculper.

Sur la terre où lui seul est l'arbitre et le maître
Si tout était parfait rien ne le s'aurait être.
Au contact de la nuit le jour trouve un soutien;
Il lui doit son éclat : le mal même à son bien.
Admire la clarté de ce principe auguste :
Dieu fit tout, tout est beau, tout est bon, tout est juste ;
Et si, plein des faveurs dont il se croit privé,
L'homme seul ne l'est pas, c'est qu'il s'est dépravé.

Oui, le mal e son bien : s'il nous était facile
De conserver un cœur généreux et docile;
Si nous pouvions sans peine, avec gloire indolents,
Acquérir, en un jour, tous les plus beaux talents;
Si le dernier mortel, sans chercher le mérite,
Le trouvait sous sa main, sous le toit qu'il habite,
Ces sublimes vertus dont nous sommes jaloux
Ne seraient plus alors des qualités pour nous.
La valeur du héros, l'austérité du sage,

Deviendraient à nos yeux un vulgaire étalage,
Et l'homme aurait un cœur qui ne sentirait rien ;
Il serait malheureux : *le mal même a son bien.* (4)

V

Le Fatalisme.

— Tu ne m'as rien prouvé : Si ton Dieu sait d'avance
Le mal qui doit, plus tard, troubler mon existence,
Qu'y feraient tous mes soins? Rebelle à ses arrêts
Pourrais-je intervertir l'ordre de ses décrets?
Esclave, obéissant à la voix de mon maître,
Ne dois-je pas plutôt me taire et me soumettre?
Si sa vie est écrite avant qu'il ne soit né,
Tout pécheur, à sa mort, doit être pardonné.

— Ah! n'accuse point Dieu des erreurs de ta vie
Tu ne peux le nier : sa clémence infinie,
Dans cet ordre parfait où tu vois sa rigueur,
Pour l'éclat de ta gloire a placé ton bonheur.
Vers un but éloigné que tu ne peux atteindre
Il sait tout sans prescrire, il peut tout sans contraindre ;
Il veut souvent en vain, puisqu'il veut la vertu ;
Et, quand ton faible cœur dans la lutte est battu,
Tu ne peux, dans le gouffre où le vice t'entraîne,
Accuser du très-haut la bonté souveraine,
Pour donner le champ libre à tes iniquités.

Malgré les soins d'un père, actif en ses bontés,
Qui sait dans l'avenir prévoir, par sa sagesse,
Les suites des erreurs d'une folle jeunesse ;
Quand, rebelle au devoir, dans ses égarements,
Ce fils marche en aveugle à ses propres tourments ;
S'il devient malheureux, en est-il moins coupable?
Pour avoir tout prévu son père est-il blâmable?

Si, plus méchant encore et fier de ses succès,
Il s'ouvre un champ plus large à de honteux excès,
Voudras-tu l'excuser, prôner son innocence ?
Contre le fer des lois prendras-tu sa défense ?
Prends-y garde ! ce Dieu, qu'on ne peut le prouver,
Se fait assez connaître à qui veut le trouver !
Ses inspirations ne sont point mensongères...
Si ses ordres sacrés, en brillants caractères,
Tracés sur le soleil, se montraient à nos yeux ;
Si chaque homme lisait sa tâche dans les cieux,
Le chemin du bonheur lui serait trop facile ;
Vertueux par calcul et forcément docile,
Il marcherait sans gloire à ses prospérités.
Et n'aurait aucun droit aux suprêmes bontés.

Tout ce qu'il fit est bon, mais puisqu'en sa clémence
Il voulut nous combler de sa munificence,
En nous donnant des droits aux biens qu'il fit pour nous,
Sachons nous honorer d'un triomphe si doux.
Si nous ne suivons pas les lois qu'il nous impose,
Qu'avons-nous mérité ? nous doit-il quelque chose ?
Devant lui, le passé, le présent, l'avenir,
Tous trois, sur un seul point, viennent se réunir ;
Il sait que nous pouvons céder à nos faiblesses,
A nos mauvais penchants, à nos folles ivresses ;
Mais il a mis en nous, pour nous en dégager,
Tout ce qu'il faut pour craindre ou prévoir le danger.

Quand, poussé par le vent impur du réalisme
Dans l'abîme sans fond d'un obscur *fatalisme*,
Tu vas, fier de ta chute, y périr sans secours,
Un ami vient à toi qui veut sauver tes jours ;
Il sent naître en son cœur une flamme céleste,
La pitié ! s'il avait la lâcheté funeste
De suivre aveuglément les caprices du sort,
Il t'abandonnerait ; si, conduit à la mort
Par des bras criminels, alors que son courage

Pourrait, au même instant, te soustraire à leur rage;
Tu venais à ses pieds implorer son appui,
Il te repousserait : tu ne verrais en lui
Qu'un inhumain qui fuit, quand le revers t'accable,
Pour suivre du destin l'arrêt irrévocable;
Il pourrait te livrer aux plus cruel malheur
Sans te donner le droit d'accuser sa rigueur.
Mais il ne le fait point, mais il se sacrifie;
Mais, touché par tes pleurs, il vient sauver la vie
De l'ingrat qui voulut attacher sans égard
Les élans de son cœur au vain jeu du hasard!

Qui rend donc sa conduite à nos yeux si louable?
Qui lui fait tendre au faible une main secourable,
Affronter le péril et mépriser la mort,
Si ce n'est point l'effet de ce sublime accord
Qui d'un Dieu bienfaisant est le sûr témoignage?
Crois moi, loin de tes yeux dissipe tout nuage :
Je t'ouvre, à la faveur d'une douce clarté,
Les portes de la gloire et de l'éternité !

L'homme a besoin d'un guide : il faut une lumière
A celui qui pour temple a la nature entière.
Il ne sera jamais gouverné par DES DIEUX, (5)
Dieux d'argile ou d'airain, comme chez nos aïeux ;
Mais il croit en un Dieu, souveraine puissance,
Esprit générateur, sublime intelligence.
L'homme, pour être heureux, veut aimer et chanter :
Si Dieu n'existait pas, il faudrait l'inventer ? (6)

Ton guide, le voici : si tu veux être juste,
Si tu veux être grand, que ce précepte auguste,
Où furent établis les sacrés fondements
De la loi des chrétiens et ses commandements,
Soit gravé dans ton cœur et que rien ne l'efface;
Fais à l'homme le bien que tu veux qu'il te fasse!

Chéris le comme un frère et respecte ses droits :
A ces seuls mots d'un Dieu l'on reconnaît la voix !

VI

L'Immortalité de l'Ame.

La matière est d'un jour et l'âme est immortelle !
— Mais qu'était-elle avant ? après que devient-elle ?
— Je l'ignore humblement : celui qui saurait tout,
Serait légal de Dieu dont l'esprit est partout,
L'âme est un feu céleste, impalpable à la vue,
A l'ouie, au toucher, une flamme pourvue
De secrets sentiments qu'on ne peut dévoiler.
Si, comme tu le dis. *rien ne saurait troubler*
De l'ordre universel l'admirable harmonie,
Où tu vois *la matière* elle seule *infinie,*
On ne peut qu'admirer cet ordre universel
Et reconnaître un Dieu dans son règne éternel. (7)

Comparer l'âme humaine à l'instinct de la brute,
C'est en tombant du ciel, s'applaudir de sa chute;
Car l'homme a de plus qu'elle, un guide : la raison,
Son ame, pour un jour, a son corps pour prison ;
Elle s'y plaît captive ; il le sait et le chante,
Mais il va triompher : son avenir l'enchante !
Il tourne ses regards vers ce phare du port.
Et voit son Golgotha, sans redouter la mort !

Le sceptique endurci ne donne aucune trève
A son doute : la vie à ses yeux, n'est qu'un rêve !
Si, comme tu le dis, l'homme n'est sûr de rien,
Pourquoi serais-tu sûr du néant ? sache bien
Que tout être vivant, quoique brin de poussière,
Faible part du grand tout de la nature entière,
Si minime qu'il soit, principe incontesté,
A des droits relatifs à l'immortalité.

Lorsque, prenant souci du destin de nos âmes,
Et qu'à l'occasion de ces subtiles flammes,
Qui vont, après la lutte, émigrer dans les cieux,
Tu nous dis gravement et d'un ton sérieux,
Que ces beaux chérubins, *tous ces êtres étranges*,
Qu'on ne peut dénombrer dans le séjour des anges
Où siégent les États du grand peuple béni,
Pourraient, en certain temps, encombrer l'infini ; (8)
A ces subtilités d'un raisonneur qui raille,
En mesurant l'espace à sa petite taille,
Le sage, homme de sens, philosophe ou dévot,
Lève les yeux au ciel, sourit et ne dit mot !

L'Infini !! !... Ce grand mot que la bouche prononce,
Ouvre un livre éloquent qui contient ma réponse...
Je me perds, comme toi, dans son immensité;
Mais, au lieu de *néant*, j'y lis *Éternité !*

Vois ces points lumineux qui par milliers fourmillent
Dans l'océan des cieux où leurs rayons scintillent ;
Ces feux resplendissants, astres diamantés,
Là-haut, sont tout autant de mondes habités !...

Si d'un Dieu Créateur les volontés profondes
Trouvèrent des esprits pour animer ces mondes,
Pourquoi, dans leur amour, ne pourraient-elles pas
Leur faire parcourir d'éthéréens climats
Où, passant tour à tour, de planète en planète,
Ils iraient retremper leur nature imparfaite,
Corriger leurs travers et leurs égarements,
Jusqu'au dernier degré de leurs épurements ?

Dieu le peut, en effet. Ces esprits impalpables,
Plus ou moins innocents ou plus ou moins coupables,
Vont au creuset du Ciel, sublimes travailleurs,
Se réhabiliter dans des centres meilleurs.
Aux sources de vertu, d'amour et de science

Ils vont puiser ce miel de sainte expérience
Qui leur permet enfin, loin de tout vœu charnel,
De goûter les douceurs d'un délice éternel !

VII

Le Suicide moral et politique.

La Commune; — Les Incendiaires; — La Cour Martiale; — La Liberté;
— La Guerre civile; — Le relâchement des mœurs:
— La guerre étrangère; — Sedan.

L'esprit jaloux qui veut, pour savoir toutes choses,
Et sonder la nature, en connaître les causes,
Empiète sur les droits de la Divinité.
Un voile nébuleux cache la vérité;
Lorsque pour la chercher ton œil troublé s'arrête,
Au lieu de te roidir, sache abaisser ta tête
Sur les secrets d'un Dieu qu'on ne peut pénétrer.
Le sage suit ses lois et vit pour l'adorer.
. . . .

Regarde ce palais, naguère encore superbe,
Dont les débris fumants gisent honteux sur l'herbe!
De ce vieux monument quel fut le fondateur?
Toute construction décèle un constructeur.
A sa structure simple, élégante et correcte,
On reconnaît Bullant, son habile architecte.
Eh bien, s'il en faut un pour tout ouvrage humain,
Pourquoi le refuser à tout œuvre divin?
. . . .

C'était sous la Commune... affreuse parodie!...
La demeure des rois, livrée à l'incendie,
Subit le sort fatal de tous nos monuments :
Le pétrole atteignit jusqu'à leurs fondements.
Depuis Saint-Augustin jusques à Notre-Dame,
La ville, en un clin-d'œil, ne fut plus qu'une flamme. (9)

Mais le conseil de guerre organise une Cour
Où deux mille accusés sont jugés tour à tour; (10)
Et, grâce aux alibis de nos purs démocrates,
Paris n'a pu trouver, sur deux mille Érostrates,
Après avoir contre eux longuement procédé,
Un seul incendiaire !... *il s'est suicidé*!

Quand le chef de l'État, pour apaiser les haines,
Sur son char haletant laissant flotter les rênes,
Consentit, par faiblesse, à des concessions
qui devaient le conduire aux révolutions ;
Pendant qu'il concédait, on poursuivait la lutte.
— Guerre au despote!— Enfin, la veille de sa chute,
On exigeait encore, et tout il accorda :
Ce fut ainsi qu'un jour il se suicida.

Il s'est suicidé le jour où la tempête,
Sombre vers l'horizon et grondant sur sa tête,
Entre la loi brutale et l'illégalité,
Lança, comme un obus, ce grand mot : *Liberté!* (11)
Mais, quand de ce torrent la limite est franchie,
Sa vague se transforme et veut dire : *Anarchie,*
Droit de vie ou de mort, dispense du devoir,
Guerre aux propriétés, partage du pouvoir !

Ce grand mot fut pour nous la pomme de discorde
Dont la boule de fer, en sifflant, vous aborde...
Pour vous laisser le choix entre ces deux partis,
Deux feux toujours brûlants et jamais amortis ;
Traîtres, fourbes, jaloux, haineux, impitoyables ;
Deux partis acharnés, irréconciliables,
Deux partis dont la troupe en vient toujours aux mains,
Et fait des ennemis pires que les Germains !

C'est la guerre civile : Un jour, un grand poète,
Devenu pamphlétaire et tranchant du prophète,
Mais qui n'était au fond qu'un barde ambitieux,
La souffla sur le peuple en sons *harmonieux*!

Dès ce jour, l'artisan n'eut pour toute ressource
Que le gain des tripots ou des jeux de la Bourse ;
Dès ce jour, le lundi, les ateliers déserts,
Laissèrent au travail les cabarets ouverts.
L'industriel sans pain borna son industrie
Aux chances d'un *report* ou d'une loterie :
Le long des boulevards l'émeute s'implanta,
Et sur la butte en feu la révolte éclata !

. . . .

Tu souris !... pauvre aveugle !... on peut te trouver mêm
Plusieurs causes de plus à ce désordre extrême ;
Car sur sa fin l'Empire a fort mal procédé...
Voici comment encore *il s'est suicidé.*

Il se suicida le jour où, par licence,
Tout méchant écrivain, qu'un sot public ensence,
Osa, dans un libelle, exprimer hautement
L'éloge universel de tout débordement.

Il se suicida le jour où, sur nos scènes,
On laissa follement, dans des drames obscènes,
Le viol et l'adultère, applaudis par clameurs,
Substituer l'orgie à des tableaux de mœurs. (12)

Il s'est suicidé le jour où sa puissance
A d'affreux renégats donna sa confiance.
Par ces hommes sans foi le pays fut vendu :
Or, dignité, grandeur, pour nous tout fut perdu.
Ce sont eux dont l'orgueil suscita cette guerre
Qui nous déshonora devant toute la terre,
En livrant à l'écho de nos mortels regrets
Ce mensonge sanglant : *sire, nous sommes prêts !* (13)

La guerre !... mais c'était encore un suicide !
Qu'est-ce qu'un Bonaparte ? Il fallait un Alcide
Pour aborder sans peur cette hydre d'Occident,
Qui, sept têtes contre une, a pu vaincre à Sedan ! (14)

2

VIII

L'Athéïsme.

L'ambition, l'orgueil, l'intérêt, l'égoïsme,
Ces démons tentateurs, engendrent l'*Athéïsme*.
Notre France en lambeaux dut ses derniers revers.
A ce monstre échappé du gouffre des enfers.
Il trônait ; mais, bientôt, ce novateur profane,
Comme le roi Midas, prit des oreilles d'âne.
Superbe, il délirait avec tant de *raisons*,
Qu'on finit par le mettre aux Petites-Maisons !

— « *Je suis* seul, disait-il, l'opinion suprême !
» Mais l'homme est un polype ; il s'est créé lui-même
» A la chaleur du jour : c'est une mite, un ver,
» Vil produit, composé d'oxygène et d'éther !
» Ainsi le Créateur devint la créature;
» Et ce brillant soleil, foyer de la nature,
» Qui s'éclipse en hiver et nous brûle en été,
» Vécut, vit et vivra de toute éternité !

» Notre âme... c'est le sang qui circule en nos veines ;
» Il féconde nos corps, comme l'onde nos plaines.
» Tant que vers notre cœur son cours fonctionnera,
» De son propre aliment cette âme existera !...

» Mais après... rien !... *Je suis* un philosophe antique !
» *Je suis* un fort penseur... un profond politique !
» Je brise, j'incendie et je tue !... on voit bien,
» Par ces faits, que *je suis* un très-grand citoyen ! ! !. .. »

— Vous l'avez entendu : voilà ce que nous sommes !
Un ver !... l'insulte à Dieu jointe au mépris des hommes !
Mais, dans ce suicide, outrecuidance, orgueil
De l'aveugle insensé qui croit y voir d'un œil,

Et prétend opposer aux clairvoyants célèbres
D'effroyables clartés qui ne sont que ténèbres ! (15)

Et qu'en résulte-t-il ? Cauchemar, nuit et jour !
Son esprit est en proie au doute, affreux vautour
Qui lui ronge le sein. Je compare l'athée
Au martyr du Caucase, ayant nom Prométhée,
Fier Titan qu'un Hercule, avec sa main de fer,
Pouvait seul arracher à ses tourments d'enfer !

IX

Les Martyrs.

Mais pourquoi citons-nous la Fable, quand l'histoire
A des traits si frappants ? L'on peut à peine y croire !
Les *otages*, pourtant, sont morts ! et l'on y croit
Après avoir touché la plaie avec le doigt !

« Vengeance ! avez-vous dit : au crime, au meurtre ! aux
                                               [armes ! »
— Devant l'Église en deuil et la patrie en larmes,
Quel cœur assez vaillant, quel sang d'assez haut prix
Pourraient-ils racheter les regrets de Paris
Au sacrifice affreux de si nobles victimes ?
Frères, n'ajoutez pas des forfaits à des crimes ;
Quelle plus belle offrande ou quel plus heureux don
Pourrions-nous présenter à Dieu, que le pardon ?

Pour ceux qui les vouaient aux palmes du martyre,
Chacun d'eux, en mourant, eut encore un sourire :
Point ce sourire amer du déclin d'un beau jour,
Mais celui de l'aurore éclairé par l'amour !

Devant leurs assassins ces chrétiens héroïques
Invoquèrent ainsi les lois évangéliques.
Qui leur fit, sous les coups d'un poignard sans remords,

Avec tant de courage endurer mille morts,
Si ce n'est l'Esprit saint? Ils souffraient, sans murmures,
Le même sacrifice et les mêmes tortures
Que le Sauveur du monde, accusé par Judas,
Qui le vendit aux Juifs au prix d'un Barrabas!(16)

. . . .

Je vais peindre deux camps où l'on pourra distraire
Deux sentiments du cœur l'un à l'autre contraire :
— D'un côté, c'est Caïn — de l'autre, c'est Abel —
— L'œil louche de Satan, — le pur regard du ciel. —
Ici sont les bourreaux et là sont les victimes :
Le meurtre qui répond aux dévoûments sublimes !
Les uns, livrant bataille à la société ;
Les autres, combattant pour la légalité.
Ceux-là, vindicatifs, cruels, impitoyables ;
Ceux-ci, compatissants, doux, patients, affables.
Les uns, pâles, tremblants devant les tribunaux ;
Les autres, à leur mort, priant pour leurs bourreaux !
La rage et les clameurs étouffant la prière ;
La tempête éclipsant les rayons de lumière !

Et maintenant, vous tous, jugez et comparez ;
Dites-nous des deux camps lequel vous préférez !

— Delmont, prononce-toi !— Vraiment tu m'embarrasses
Et tu me fais rêver au croisement des races !
Mais je voudrais te voir revenir franchement
A ton âme immortelle, autre rêve charmant !
Car tu mets, cependant, des bornes à la vie ;
Et puisqu'un jour ou l'autre elle nous est ravie.
Après la mort, au lieu d'un céleste avenir,
Que nous reste-t-il? Rien! pas même un souvenir. (17)

Ainsi que moi soumis à l'humaine nature,
Voudrais-tu me parler d'enfer et de torture?
Dois-je, sur cette terre, être jugé par toi ?
Dieu t'a-t-il révélé les secrets de sa loi ?

— Non, car je ne suis rien : ne parlons pas des prêtres,
Ni du Christ, Roi des rois, et Dieu, Maître des maîtres,
Dont la haine obstinée et ton impiété
Outrageraient la gloire et la divinité !

Ses preuves, cependant, sont assez authentiques :
Pascal les démontra par les mathématiques ; (18)
Bossuet par l'histoire, invoquant à la fois
Les hommes et les saints, les peuples et les rois !
A ces autorités, pour en ajouter d'autres,
Tu pourrais lire encor les livres des Apôtres,
Leur naissance, leur vie et leurs derniers soupirs,
Témoignages scellés par le sang des martyrs !

X

La foi en Dieu.

— Ils ont été déçus !... c'étaient de faibles têtes !...
Mais nous... nous, *esprits-forts*, qui bravons les tempêtes,
De la foudre en éclats la sinistre lueur
Ne nous éblouit point et ne nous fait pas peur !

— Mon esprit est borné, mais ta tête est rebelle !...
Tu viens de m'en donner une preuve assez belle ;
Mais, avec le regret de n'être point compris,
J'aurai du moins l'honneur de l'avoir entrepris.

L'un des plus grands fléaux, Delmont, c'est l'ignorance :
L'amour-propre et l'orgueil, unis à l'impuissance,
Conçurent, dans la nuit, le *désespoir* rongeur
Qui tua l'*espérance*, étoile du bonheur ! (19)

Vois le Ciel, au travers de sa douce lumière ;
Et s'il vient t'éclairer, à ton heure dernière,
Ne crois pas que ton âme, en ce fatal moment,
Esclave de ton corps, l'accompagne au néant.

Redoute l'avenir : si tu n'as pas de preuve,
Pourquoi tenterais-tu les dangers d'une épreuve ?
Dans les sentiers obscurs où s'engage l'erreur,
On perd le droit chemin qui conduit au bonheur.

Mais sa route est trop simple : il le faut des ornières !...
Livre donc ton esprit à tes propres lumières.
Mes paroles, mes vœux et mes raisonnements
N'en diront jamais plus que les pressentiments. (20)
Si ton cœur, dans ses jours de sublime espérance,
N'a point senti d'un Dieu la secrète existence ;
Si ton œil, obligé d'admirer ses grandeurs,
Quelquefois attendri, n'a pas versé des pleurs ;
C'est en vain qu'au grand but que tu ne peux atteindre,
Je voudrais t'amener : je n'ai plus qu'à te plaindre ;
Et ton plus doux espoir est perdu sans retour.
Mais songe que ce Dieu de qui tu tiens le jour,
Qui te comble de bien, qui te nourrit, qui t'aime,
Dont tu voudrais en vain te détacher toi-même,
Du haut des cieux encore, en te tendant les bras,
T'appelle... et que demain, peut-être, tu mourras !

(Novembre 1871.)

— 23 —

NOTES.

(1) « La sainteté de l'Evangile parle à mon cœur, dit J.-J. Rousseau. Voyez les livres des philosophes, avec toutes leur pompe : qu'ils sont petits près de celui-là ! Se peut-il qu'un livre, à la fois si sublime et si simple, soit l'ouvrage des hommes ! Se peut-il que celui dont il fait l'histoire ne soit qu'un homme lui-même !... Est-ce là le ton d'un enthousiaste ou d'un ambitieux sectaire? Etc. »

(2) « On ne peut exiger que le méchant gémisse
A sa mort, *seul*, du mal de la société.
La législation, la sagesse consiste
A savoir extirper de notre humanité
Tout le germe mauvais qui dans son corps subsiste ;
Mais plaignons le méchant sans qu'il soit détesté !
Le mal seul est coupable... » Etc.

(Page 19, vers 7 et suivant, de la brochure intitulée : *Dieu existe-t-il?* Chez Levaillant, lib.-édit., rue Papillon.)

(3) Page 13, vers 13 de la même brochure :

Ici l'auteur passe de l'*Athéisme* au *Panthéisme* : c'est tout naïvement un pas vers le *Théisme*. Mais rien ne prouve plus décidément l'illogique théorie des athées que leurs contradictions, déviations et tergiversations continuelles.

(4) « Le mal peut non-seulement avoir sa nécessité, il peut même offrir son côté indispensable. Il n'y aurait point de vertu, si les vices n'étaient pas possibles... »
(J.-J. Virey, *Dictionnaire de la Conversation*, au mot *Athéisme.*)

(5) « L'être n'étant soumis qu'à sa seule puissance,
Il ne sera jamais gouverné par des Dieux. »
(Page 13, vers 20 de la brochure)

(6) « *Si Dieu n'existait pas, il faudrait l'inventer !* »
(VOLTAIRE.)
Lisez les pages 6 et 7 de la brochure.
D'un autre côté, J.-J. Rousseau, autre philosophe, non moins bon à consulter devant les athées, laisse échapper ces paroles remarquables :
« Si la vie et la mort de Socrate sont d'un sage, la vie et la mort de Jésus sont d'un Dieu. »

(7) Voyez 13, vers 13 et 15 de la brochure.

(8) L'auteur de la brochure, en parlant des séjours promis aux élus, s'exprime ainsi, page 19 :
« Où peut-on les *savoir?* — Places matérielles,
Occuperaient-ils donc les étoiles au ciel,
Le soleil ou la lune? Où ces régions d'anges,
De béats chérubins? Dans l'immatériel?
Qui donc a pu compter *tous ces êtres étranges?*
La raison se refuse à les voir quelque part. »
Voici quelques réflexions de M. Virey au sujet des *esprits-forts :*

« C'est souvent afin de se donner le relief d'*esprit-fort* et indépendant, d'homme habile et instruit au delà du vulgaire que certaines personnes affectent l'*athéisme;* mais s'il est certain, comme dit Bacon, qu'un peu de science cause cette présomption, les profondes connaissances ramènent les plus grands génies au *Théisme.* En considérant le peu qu'on est capable de savoir, le superbe orgueil des hommes tombe confondu de son ignorance. Dieu seul semble s'être réservé la vérité de l'omniscience et n'en avoir laissé qu'une faible lueur. — Mesurer la Divinité à notre petitesse est l'amoindrir; vouloir la? définir, c'est borner son infinité. Plus on cherche à l'approfondir, plus elle s'agrandit dans son incompréhensibilité. C'est l'abîme qui engloutit l'âme dans son horreur et sa majesté. »   (J.-J. VIREY.)

Socrate disait chaque jour *que la seule chose qu'il savait bien était qu'il ne savait rien.* Que l'on compare la modeste profondeur de cette pensée avec le ton présomptueux et tranchant des athées et des *esprits-forts !...*

(9) Les monuments de Paris qui ont le plus souffert des flammes les 23, 2{ et 25 mai 1871, sous l'influence de la Commune, sont l'*Hôtel-de-Ville,* le *Ministère des Finances,* le *Château des Tuileries,* la *Chancellerie,* la *Caserne du quai d'Orsay,* le *Conseil d'État,* la *Cour des Comptes,* les *Gobelins* et quelques parties du *Louvre,* du *Palais-de-Justice,* de la *Sainte-Chapelle,* des *Églises Saint-Eustache, Saint-Laurent,* des *Petits-Pères,* etc., etc.

Dans ce nombre ne sont point compris les *châteaux* de *Meudon,* de *Saint-Cloud,* etc.

Notre-Dame de Paris, qui n'a reçu que quelques obus, fut sauvé par miracle sur une observation que fit aux incendiaires le concierge de l'Hôtel-Dieu : « Vous n'incendierez « pas Notre-Dame, leur dit-il avec énergie, parce que j'ai « ici huit cents malades qui périraient sous les flammes! »

Les *Tuileries :* Toute la partie ancienne qui fait face au jardin, construite sous le règne de Catherine de Médicis, a été presqu'entièrement livrée aux flammes. On voyait de l'autre côté de l'eau, au milieu de la nuit, les incendiaires, hommes et femmes, courir, la torche à la main, comme des démons, et des furies.

La perte matérielle est grande, mais elle n'est pas irréparable, même dans un temps très-court, au moyen d'une combinaison qui aurait pour base la suppression des bâtiments des Tuileries compris entre les pavillons de Marsan et de Flore, et l'aliénation de certains immeubles appartenant à l'État.

D'abord, en supprimant les bâtiments des Tuileries que l'on vient d'indiquer, on ouvrirait une perspective grandiose, depuis l'Arc-de-Triomphe jusqu'au Louvre, perspective qui ne serait plus coupée que par l'Obélisque et par l'Arc-de-Triomphe du Carrousel, entouré de pelouses au moyen du prolongement du jardin des Tuileries jusqu'à la hauteur des guichets du Carrousel.

Cette disposition nouvelle donnerait une valeur à l'architecture du Louvre, et si ce n'étaient les souvenirs historiques des Tuileries, on n'éprouverait que peu de regrets de la perte de ce palais, dont les parties anciennes avaient certainement une grande valeur artistique, mais qui étaient en mauvais état et noyées dans une ligne de constructions dont les raccords étaient assez maladroits.

Il suffirait donc de rétablir les toitures du pavillon de Flore et de la galerie du bord de l'eau, pour pouvoir y installer le conseil d'Etat. La Cour des Comptes serait placée dans le pavillon de Marsan, réédifié comme le pavillon de Flore, et dans une partie des galeries de la rue de Rivoli.

L'*Hôtel-de-Ville*, splendide monument qui venait d'être entièrement réédifié et dont toutes les plus belles parties ont été dédorées par le pétrole, y compris le beau médaillon de la statue équestre d'Henri IV qui avait été conservée de siècle en siècle.

L'incendie de l'Hôtel-de-Ville avait un moment fait craindre que l'immense collection des registres de l'état civil n'eût été détruite.

Il n'en est rien, fort heureusement.

Par une pensée de prévoyance semblable à celle qui avait fait isoler le double du grand-livre, les archives de l'état civil avaient été placées en dehors des bâtiments de l'Hôtel-de-Ville.

Elles sont déposées dans les combles des immeubles consacrés à l'administration de l'octroi, qui sont séparés du palais municipal par toute l'étendue de la place et qui sont demeurés intacts.

Le grand-livre de la dette publique a pu également être sauvé. Un exemplaire de ce grand-livre était déposé au ministère des finances, et l'autre à la Caisse des dépôts et consignations. C'est l'exemplaire du ministère des finances qu'on est parvenu à enlever au milieu des flammes.

Il était temps. Quelques heures plus tard, le ministère était à peu près anéanti.

La bibliothèque du *Louvre* avait essuyé un commencement d'incendie. Les incendiaires voulaient obliger le concierge de les aider à répandre partout le pétrole, avec menace de le fusiller s'il n'obéissait pas.

« Fusillez-moi, leur répondit-il ; mais je ne brûlerai jamais la bibliothèque ! »

Et sa femme, menacée aussi de la même manière, fit la même réponse.

Voici la vérité vraie sur un commencement d'incendie à l'Institut dont plusieurs ont parlé :

Dans la nuit de jeudi à vendredi, à une heure un quart du matin, un obus lancé du cimetière du Père-Lachaise vint frapper la bibliothèque Mazarine, non loin d'une des fenêtres mansardées qui regardaient la Monnaie.

Le projectile éclate en bouleversant une travée de livres parfaitement troués, malgré l'épaisseur de leur rangée. Les rayons s'abattent et commencent à flamber, lorsque les gardiens Boudignon et Mehl, appelés par la détonation, arrivent à temps pour conjurer l'incendie, qui aurait pu prendre des proportions redoutables, dans l'absence des bibliothécaires, destitués par la Commune; c'est donc au sang-froid et à la fermeté de ces fonctionnaires subalternes que ce vaste édifice a dû son salut.

Le palais de la *Légion-d'Honneur*, dit *hôtel de la Chancellerie*, est déjà en bonne voie de reconstruction, grâce à la souscription des légionnaires.

Les noms des souscripteurs seront inscrits sur un Livre d'or qui formera le premier et le plus précieux élément des nouvelles matricules de la Légion-d'Honneur; et bientôt, sur le fronton de ce palais, rendu aux légionnaires et aux arts, grâce au concours de tous, nous verrons renaître notre immortelle devise qui garantit le succès de la souscription :

« Honneur et Patrie. »

Le célèbre établissement des *Gobelins*, dont tout le monde connaît la précieuse importance historique, eut beaucoup à souffrir des flammes et des projectiles.

Le feu détruisit d'abord 80 mètres du bâtiment, contenant la galerie; un atelier, renfermant six métiers; trois salles contenant des couleurs; l'école de tapisserie; un atelier de peinture et le magasin des plâtres.

Mais la plus grande perte consiste en la destruction de la collection de tapisseries depuis Louis XIV jusqu'à nos jours.

Les p rtes de la *Sainte-Chapelle*, près du Palais-de-Justice, ont été sensibles, mais elles ne sont pas irréparables. Il en est de même de l'église *Saint-Eustache*, qui, cependant, fut criblée d'obus, et dont tout un pan de mur fut brisé par une bombe.

Les églises des *Petits-Pères* et de *Saint-Laurent* ont moins souffert par les pertes matérielles qu'elles ont subies que par les calomnies atroces dont la Commune ne craignit pas d'outrager leur mémoire historique jusqu'aux ossuaires de leurs caveaux.

A Saint-Laurent, on prétendit avoir découvert les traces de crimes récents. A cette occasion, on fit graver et imprimer à grand nombre d'exemplaires une image horrible à voir et sous laquelle on lisait, entre autres blasphèmes impies, les lignes suivantes :

« L'odeur du crime est ici. Mères de famille crédules, vous qui confiez aux prêtres l'honneur et la vie de vos enfants, vous pour qui toute attaque contre le clergé est calomnie et blasphème, venez voir ce que renferme Saint-Laurent!... Vous vous plaignez que (lisez de ce que) les actes et les paroles de vos saints soient méconnus par les révolutionnaires ou travestis par eux!..... Ici, rien de pareil n'est possible .. Le prêtre a *travaillé* seul!... à son aise.... dans les ténèbres... Ici, le catholicisme est à l'œuvre..... contemplez-le!... »

(10) *Où deux mille accusés sont jugés tour à tour*, etc.

Les procès politiques de la Commune, comme aussi celui des assassinats commis par les insurgés du 18 mars au préjudice des généraux Lecomte et Clément Thomas amenèrent quelques condamnations capitales. Mais les plus coupables parmi les accusés communards, c'est-à-dire les chefs promoteurs de ces sanglantes saturnales, purent se soustraire à l'action de la justice militaire en s'évadant en pays étranger, soit en Angleterre, soit en Suisse, où la loi sur l'extradition n'est point en vigueur.

Cette situation louche nous porte aux réflexions suivantes :

Pourquoi les nations civilisées qui, dans leurs intérêts réciproques, devraient être solidaires entre elles, ne se déclarent-elles point responsables de la mise à exécution de cette loi extraditionnelle qui seule peut être la sauvegarde de leur sûreté ? Pourquoi leurs gouvernements tolèrent-ils un état de choses qui, en matière politique surtout, peut leur devenir personnellement préjudiciable? Quel avantage ces nations peuvent-elles trouver à abriter les assassins, les voleurs et les incendiaires dont elles deviennent ainsi les complices? Toutes, au contraire, devraient protester contre cette sorte de récel du crime; et, d'un accord unanime, elles devraient mettre au ban des nations toutes celles parmi elles qui se respecteraient assez peu pour y contrevenir.

Nous sommes loin de faire ici appel aux jugements sanguinaires que, tant par humanité que par doctrine, nous réprouvons souverainement, surtout en matière politique; mais nous croyons que soutenir un principe contraire à celui de l'extradition, c'est vouloir rompre l'équilibre de la justice humaine et de la justice divine, qui sont les sauvegardes de la loi naturelle.

(11) *Liberté !* Ce grand mot est devenu si vain et si menteur, que, même accompagné de ses captieux accolytes *Egalité, Fraternité*, ils servent aujourd'hui d'enseigne à la prison de Mazas où les membres de la Commune, eux les premiers, le firent inscrire en avril 1871.

Certes, notre vieux poète romantique n'est pas si rouge ou noir que ce qu'il est diable ou flottant comme son drapeau; et n'en déplaise à ses démissions, bien qu'il ne paraisse pas vouloir encore se faire ermite, il s'est fièrement amendé depuis que ses frères en politique sont devenus d'affreux incendiaires, et lui ont arraché la Colonne Vendôme qu'il honorait et dont il avait néanmoins préjugé la chute.

Mais voyons s'il est toujours resté conséquent avec ses principes.

Chacun se rappelle la célèbre profession de foi qu'il n'adressa prudemment qu'après sa candidature, en mai 1848, aux *soixante mille électeurs* qui l'avaient, disait-il, *honoré de leurs suffrages.*

« Deux républiques sont possibles » leur écrivait-il alors; et, après leur avoir fait le tableau de l'une et de l'autre, —

double tableau de prophète qui s'est si bien réalisé depuis, — la république dévastatrice et sanguinaire et la république brave et *honnête* (celle de Garibaldy); il abandonne aujourd'hui la seconde, celle des honnêtes gens, pour faire porter son nom, le 7 janvier 1872, au scrutin de la première, celle des..... Soyons doux et indulgent dans nos appréciations...... celle des agitateurs...

(12) Si encore ceux parmi les auteurs dramatiques modernes, M. H. Dumas fils en tête, qui frondent ainsi les mœurs, se bornaient à ne peindre que les coins hideux de la société; on n'aurait à leur reprocher que le mauvais choix des tableaux; mais ils en créent de nouveaux et complétement inconnus; ils en imaginent de tellement excentriques ou surnaturels, qu'ils sont à peu près impossibles; de là le plus méchant côté de la critique et sa face la plus répréhensible, parce qu'elle tend à tromper le public sans l'instruire, et qu'elle calomnie pour ainsi dire les mœurs, qui ne sont déjà que trop vicieuses et attaquables telles qu'elles sont en réalité.

(13) *Sire, nous sommes prêts.* — On attribue ce mensonge au général Lebœuf, alors ministre de la guerre, et à Emile Ollivier, qui osa le proclamer en pleine tribune. Il savait que nous n'avions pas 300,000 hommes sous les armes, quand les Prussiens pouvaient en opposer un million!... Aussi l'avait on appelé le *Guide de l'Etranger en France;* et ce titre, il faut convenir qu'il ne l'avait pas volé.

Ce fils de Démosthène logeait à Paris, rue Saint-Guillaume, d'où il adressait au roi de Prusse sa correspondance, au moment où il lui déclarait la guerre. Nous en extrayons les singulières lignes suivantes :

« Sire,

» J'ai pris une grande part à la guerre actuelle, et je ne saurais m'en repentir, car elle est née d'une injure que vous avez faite à l'Empereur des Français! *Je crois en Dieu,* et Dieu ayant toujours protégé la France, la France triomphera. »

Le chancelier prussien lui répondit à cette occasion :

« Monsieur,

» Le Roi n'a pas reçu la lettre que vous lui avez adressée; mais je crois pouvoir vous répondre que, puisque vous croyez en Dieu, il ne suffira pas de toute la vie qu'il peut vous laisser à parcourir pour vous agenouiller devant lui et demander pardon de tout le mal que vous avez fait à votre pays. »

Et en effet, quel ennemi de la France, choisi dans tous les partis qui l'assiégeaient alors, lui aurait-il jamais pu faire plus de mal que ce prétendu républicain? C'est lui qui, après avoir fourvoyé l'Empereur dans je ne sais combien de fausses routes, fut le promoteur de cette fatale guerre franco-prussienne, source de tous nos désastres...

(14) *Qui, sept têtes contre une, a pu vaincre à Sedan.* — L'hydre de Lerne, hydre à sept têtes. Lorsqu'on lui en

coupait une, il en renaissait plusieurs autres. On pouvait en effet, comparer l'armée prussienne à ce monstre fabuleux, car elle se multipliait comme par enchantement, toutes les fois que le besoin s'en faisait sentir.

Chacun sait que les Prussiens, ou plutôt les hommes de guerre et les hommes d'État qui les dirigent, lorsqu'il a fallu se mesurer en rase campagne avec les Français, n'ont jamais compté que sur leur *valeur... numérique*. N'en avons-nous pas eu mille exemples durant le dernier siège de Paris, dans les combats de Châtillon, de Villejuif et dans nos *reconnaissances* périlleuses des 23 et 30 septembre? Nous étions toujours au moment de nous emparer de leurs positions. Nous semblions tenir la victoire... lorsque... tout à coup... nous nous apercevions que nous avions affaire à *des forces supérieures*. C'était leur *armée de réserve* qui arrivait comme toujours. C'est un système qui leur est habituel et dont ils ne se désemparent jamais, parce qu'en toutes circonstances, il leur réussit à merveille.

Mais alors pourquoi, n'agissions-nous pas de la même manière? Pourquoi n'avions-nous pas aussi nos corps de réserve? C'est qu'en toutes choses nous ne voulons jamais sortir des ornières de notre routine, et que nous comptons beaucoup trop sur la bravoure de nos soldats.

Les Français sont plus généreux, francs et loyaux qu'habiles et rusés.

C'est là un caractère fort honorable, sans doute; mais il est plus regrettable et dangereux encore... car avec un peu moins de présomption ou de confiance en nous, et un peu plus de réflexion ou de prévoyance, nous aurions vaincu en 1870, comme dans nos *meilleurs temps*.

Enfin, tenons-nous maintenant pour avertis, et puisse la leçon nous être un peu plus profitable dans l'avenir!

(15) *D'effroyables clartés qui ne sont que ténèbres.....* — Voici un fragment d'un discours de Vésinier, de l'*immonde* Vésinier, ainsi que l'appelait Henri Rochefort lui-même. Ces paroles, qui montrent à nu jusqu'où peut aller le cynisme de quelques hommes de ce siècle, furent prononcées, en juin 1869, dans un *meeting* de Claring-Croos, qui suivit de près le procès de l'*Internationale* :

« Il nous faut vaincre ou mourir. Pour cela, il nous faut hardiment nier Dieu, la famille, la patrie! (Mouvements divers.)

» Il faut soustraire nos enfants au joug abrutissant des prêtres, des rois et de la nationalité. (Applaudissements.)

» Nier Dieu, c'est affirmer l'homme unique et véritable souverain de ses destinées. C'est tuer le prêtre et la religion. La négation de la Divinité, c'est l'homme s'affirmant dans sa force et sa liberté! (Bruyants applaudissements.)

» Quant à la famille, nous la repoussons de toutes nos forces, au nom de l'émancipation du genre humain.

» C'est à la famille que nous devons l'esclavage de la femme, l'abrutissement de l'enfance.

» L'enfant appartient à la société, et non à ses parents. A la société de l'élever, d'en faire un citoyen. Quant aux parents, ils ne doivent que la reproduction.

» Nier la famille, c'est affirmer l'indépendance de l'homme dès le berceau, c'est arracher la femme à l'esclavage où l'ont jetée les prêtres et une civilisation pourrie. (Applaudissements frénétiques.)

» Quant à la patrie, nous la répudions, parce que nous n'acceptons pas que l'on puisse faire égorger des hommes au nom des nationalités.

» Tous les travailleurs, tous les prolétaires sont frères ; l'ennemi, c'est la société telle qu'elle est organisée. (Applaudissements.)

» La société est mauvaise; donc il faut la changer.

» Travailleurs de tous les pays, à l'œuvre!

» Guerre impitoyable au capital, à la propriété et à tous les gouvernements qui les protègent !

» Le droit au travail pour tous, l'atelier à tous, la propriété à tous, voilà notre but. (Hurrahs enthousiastes.)

» Pour y parvenir, nous n'épargnerons rien, nous combattrons, nous mourrons, s'il le faut, à l'ombre du drapeau rouge, étendard du socialisme et de la Commune. »

(16) Quand Monseigneur Darboy eut été appréhendé au corps, dans sa propre maison, et arraché à son saint ministère par les sbires de la Commune pour être traîné dans les cachots, on osa proposer au chef du Pouvoir exécutif l'échange de l'archevêque de Paris contre Blanqui, juridiquement condamné à mort. M. Thiers, sans doute, pour la dignité du noble prélat et ne pouvant d'ailleurs pas prévoir les funestes suites de sa détention, crut devoir repousser cet indigne échange. De là, irritation et blasphème de la part des membres de la Commune.

Voici les réflexions atroces que l'un d'entre eux, M. Maroteau, à peine âgé de vingt-deux ans, fit insérer, à cette occasion, dans son journal la Montagne :

« Biffons Dieu !

» Les chiens ne vont plus se contenter de regarder les évêques, ils les mordront; nos balles ne s'aplatiront plus sur leurs scapulaires : pas une voix ne s'élèvera pour nous maudire le jour où l'on fusillera l'archevêque Darboy.

» Il faut que M. Thiers le sache, il faut que M. Fabre, le marguiller, ne l'ignore pas.

» Nous avons pris Darboy pour ôtage, et, si l'on ne nous rend pas Blanqui, il (l'Archevêque) mourra ! »

(17) Après la mort, au lieu d'un céleste avenir,
Que nous reste-t-il? Rien ! pas même un souvenir !

Nous lisons dans une très-piquante brochure du P. Delaporte, intitulée Le Diable existe-t-il? le passage suivant, extrait du chapitre xxvii, sur le sort final des vainqueurs et des vaincus.

« La vie présente est un combat qui dure depuis l'aurore

» jusqu'à la nuit. Quel que soit le nombre de ses victoires,
» le juste peut tomber encore, s'il cesse de lutter; quel que
» soit le nombre de ses défaites, le pécheur peut se relever,
» si, du fond de sa misère, il crie vers Dieu, son appui. Mais
» la mort arrive.

» Et après?... Après..., disent ces esprits qui, depuis quel-
» ques années, viennent si volontiers bavarder avec les cu-
» rieux qui les écoutent... Après? Eh bien, après, on recom-
» mencera une nouvelle vie dans une nouvelle sphère où l'on
» sera logé selon ses mérites antécédents; et de cette nou-
» velle hôtellerie, on passera, par une nouvelle mort, à une
» autre, indéfiniment.» (Le P. DELAPORTE, doct. en théolog.)

(18) Pascal définit comme suit la grandeur infinie de
Dieu :

« C'est un cercle incommensurable, dont le centre est partout et la circonférence nulle part. »

« Quoiqu'on ne pût pas, dit-il ailleurs, démontrer, dans la
rigueur de la géométrie, qu'aucune de ces preuves, en par-
ticulier, soit indubitable, elles ont néanmoins une telle force
étant assemblées, qu'elles convainquent tout autant que ce
que les géomètres appellent démonstration. »

Newton a dit :

« On peut calculer les aberrations des corps célestes; non
celles de l'esprit humain. »

LES TROIS FILLES DU CIEL

L'Esprit de Dieu, qui veille au salut de ses races,
Fonda sur ses trois vertus les dogmes de sa loi,
Et le chemin du Ciel fut marqué sur leurs traces.
Ces trois sublimes sœurs, source de toute grâce,

Ce sont : LA CHARITÉ, L'ESPÉRANCE ET LA FOI.
La *Foi*, douce clarté, noble et pure étincelle,
Qui part du saint foyer allumé dans les cieux,
Vient fixer la raison du faible qui chancelle,

Guide son cœur, l'instruit, l'éclaire et lui décèle
L'abîme affreux du doute, entr'ouvert sous ses yeux.
L'*Espérance* la suit ; fruit de sa sœur aînée,
Elle engendre la paix, principe de tout bien;

Au ferme repentir qui plaint sa destinée,
Elle dit : « Suis mes pas, ta faute est pardonnée;
Tu peux cueillir encor la palme du chrétien. »
Puis vient la *Charité*, terrestre providence,
Dévouée au pardon, ce Dieu du lendemain.

Son sein, riche d'amour, de bonté, de prudence,
Est une source d'or qui coule en abondance

Pour tous les malheureux pressés sur son chemin.
Telle est la loi du Christ; sa divine sagesse

A l'homme tout entière ainsi se révéla.
Ne cherchons rien ailleurs : amour, gloire, allégresse,
Science, vérité, force, grandeur, richesse,
— Le Passé, le Présent, l'Avenir, — tout est là.

(Cette pièce est extraite du tome 2 des poésies complètes de l'auteur, page 273.)

(20) « *N'en diront jamais plus que les pressentiments.* — Réveillé sur la terre, j'ai contemplé un Dieu immense, éternel, tout-puissant, sachant tout; je l'ai vu et je suis tombé dans l'étonnement à sa seule ombre. J'ai cherché quelques-uns de ses pas au milieu de ses créatures, et jusques dans les plus imperceptibles même : quelle puissance! quelle sagesse! quelle perfection inextricable ! J'ai cherché les animaux substantés par les végétaux, ceux-ci par les corps terrestres, et la terre roulant, dans un orbe inaltérable, autour du soleil, source ardente de sa vie; ce soleil, tournant sur son axe avec les planètes qui l'environnent, forme, avec les autres astres, infinis en nombre, un immense système. Tout est régi par un moteur premier, incompréhensible, l'Etre des êtres, comme l'appelle Aristote, Cause des causes, le gardien, le recteur suprême du grand tout, l'auteur, l'artisan, l'éternel architecte, selon Platon, d'un si magnifique ouvrage. » (LINNÉ.)

« Voulez-vous l'appeler *Fatalité?* Vous ne vous tromperez pas, car toutes choses dépendent de lui. Préférez-vous l'appeler *Nature?* Vous n'errez pas non plus : toutes choses sont nées de lui. Enfin, le nommez-vous *Providence?* Vous parlez bien : c'est par ses ordres et ses conseils que le monde déploie tous ses actes. Il est tout sentiment, tout œil, tout oreille, toute vie. Tout est lui-même, et l'intelligence humaine reste incapable d'embrasser son immensité. Cet être, cette cause, sans laquelle rien n'existe, qui a tout bâti et organisé, qui remplit nos regards et leur échappe, qui n'est saisissable que par la pensée, a dérobé son auguste majesté dans un asile si saint et si impénétrable qu'il n'est permis qu'à notre seule intelligence d'y aborder. » (SÉNÈQUE.)

« Il faut croire qu'il existe une Divinité éternelle, infinie, non engendrée, non créée. » (PLINE.)

FIN.

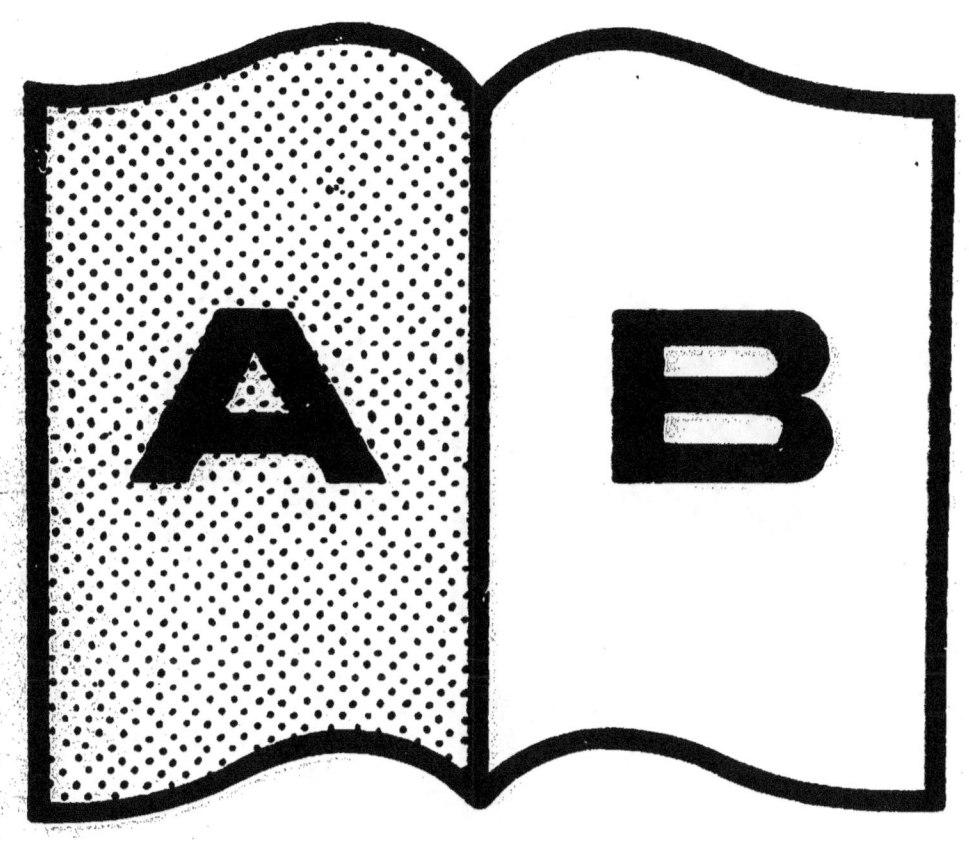

Contraste insuffisant

NF Z 43-120-14

www.ingramcontent.com/pod-product-compliance
Lightning Source LLC
Chambersburg PA
CBHW072300210626
46818CB00017B/1930